Alma de GRAFITO

José Antonio López Rivas

1000
LETRAS

Primera edición: 2026
©Copyright de la obra: M-005203/2025
©Copyright de esta edición: 1000 Letras
ISBN: 978-84-128620-5-8
Depósito Legal: M-2556-2026
Corrección: Teresa Ponce
Ilustraciones: José Antonio López Rivas
Diseño editorial: María Esther López Díaz
©Editorial 1000 Letras
www.1000letras.es

Para Sonsoles

Sólo
dejé de estar
solo, el día
que te conocí.

Capítulos

■

Prólogo

Conocí a José Antonio López cuando impartía un curso de Conciencia y Energía, subido a un escenario. Configurando un tándem perfecto junto a su compañera Sonsoles. Enseguida me atrajeron ambos. Su manera tan amable de enfocar los temas y materias que contenía la formación y cómo desarrollaban el curso me sedujo al instante.

Pero ese día José Antonio habló de «la palabra» y entre otras cosas, me aclaró que «la palabra» no es la realidad de las cosas, que «la palabra» no es la verdad auténtica de las cosas. Que la palabra «árbol» —dijo— no es el árbol en sí, sino que la palabra es un signo, un símbolo que viene a clarificarnos conceptos para que podamos entendernos de alguna manera, aunque no es la realidad en sí misma.

Inmediatamente decidí, de manera consciente y por mi propia voluntad, adoptarle como guía espiritual, como maestro de vida y como el amigo y hermano que ahora es en la actualidad.

Más tarde descubrí su faceta de dibujante, ilustrador y su verdadera y auténtica pasión, «el arte de pintar». Allí donde su alma pura, de niño inocente inmaculado se expresa con latidos de sangre de manera orgánica. Allí donde el corazón es el que habla y transmite más allá de las palabras. Me admiro con sus dibujos al carboncillo y con sus ilustraciones tan llenas de belleza, pero me embeleso cuando contemplo cualquiera de sus cuadros. Cuando comprendo la intensidad de un trazo de pincel, el porcentaje justo de carga de pintura, de color que se adhiere al pelo del cerdamen. La proporción exacta de óleo, agua o acuarela que tiene el trazo para revelar la verdad de lo que quiere expresar realmente y sobre todo, el amor que contiene cualquier pincelada, el tiempo de amor que se empleó en realizar ese rasgo tan sublime, que solo se puede efectuar, en un momento donde impera el sentimiento más elevado y espléndido que tiene el ser humano. El amor es la más alta expresión del espíritu del hombre.

Y ahora descubro también su última faceta, la de literato. Porque narrador ya lo era antes, con otros timbres y otros tonos, aunque ya nos proyectaba sus enigmas a través de sus charlas y cuadros.

Y me sumerjo en sus palabras y quedo encandilado desde el comienzo, con ese mundo ficticio en clave de fantasía, en una leyenda infantil repleta de sueños y quimeras que tiene la facultad de transmitirnos mensajes de crecimiento y esperanza. Porque el lenguaje sigue siendo el mismo, es la misma voz de su alma pura la que nos habla en forma de relato y nos hace reflexionar sobre la existencia, sobre el aprendizaje de vivir, sobre el crecimiento, sobre la compasión, sobre la comprensión y sobre el sentido en sí de nuestra propia vida. No se pierdan ni un solo párrafo de este precioso cuento que rezuma amor por los cuatro costados. Que ustedes lo disfruten.

Salvador Fausto Valdés
Poeta y músico comprometido con la humanidad.
Cadalso de los Vidrios. Abril de 2022

Agradecimientos

Aunque este libro solo es un pequeño relato me ha llevado mucho tiempo escribirlo, más de lo que nunca hubiera sospechado y sin su ayuda no habría sido posible, por eso tengo que agradecer a numerosas personas su apoyo y comprensión, ya que sin ellas este modesto proyecto nunca habría visto la luz.

En primer lugar, te doy las gracias a ti lector o lectora por tu atención y tu tiempo.

En segundo lugar, a mi hermano de corazón Salvador Fausto Valdés por su generosidad, al regalarme su tiempo y esfuerzo en las muchas y varias lecturas que hemos hecho juntos, aconsejándome en las correcciones del primer manuscrito y posteriores borradores, puesto que él que ya tiene varios libros publicados está más que autorizado para «enmendarme la plana» y siempre lo ha hecho con el mayor cariño y benevolencia.

En tercer lugar, a mi editora y magnífica diseñadora Esther López y su equipo, por su generosidad y labor como responsable del diseño y maquetación de este libro, porque ha conseguido que esté lleno de magia y belleza. Muchas gracias por tu cariño y atinado esfuerzo querida amiga.

En cuarto lugar, a mi amor y compañera, mi maestra del inmenso vacío, la que hace que lo incierto se vuelva cierto, que lo no manifiesto se manifieste a través de su apoyo incondicional en todas las aventuras que acometo en mi vida.

Me faltan las palabras para agradecer al Universo mi suerte y fortuna al contar con una compañera de viajes y aventuras como tú, muchas gracias mi amor por ser y estar siempre ahí, siendo mi columna vertebral y mi sustento. Gracias por tu apoyo y tu luz, sin ellos todo esto no hubiera sido posible.

Alma de GRAFITO

Introducción

Este libro, solo aspira a ser un relato de mi relación con el arte y la vida desde una mirada lo más natural, sencilla y honesta posible.

No sé muy bien en qué momento, pero siendo muy pequeño me enamoré de la pintura.

Sí que recuerdo un suceso muy especial como si fuera hoy mismo; estaba en el salón de la casa de mis padres en mi pueblo, Puente Genil de Córdoba, en el que había un sofá de escay rojo con armazón de metal negro. Era Navidad, y por Reyes —haría yo mis seis o siete otoños—, me trajeron una pequeña cajita de acuarelas preciosa, que además de sus bonitos colores inmaculados traía un pincel con el que aplicarlos y en la mesa del salón me esforzaba en colorear un dibujo sin demasiada fortuna en su resultado.

Entonces apareció mi abuelo con un amigo trajeado y un moreno aceitunado, más tarde supe que aquel hombre era un pintor aficionado y que a mi abuelo José Rivas —con el que siempre tuve una relación muy especial— le había regalado un cuadro a cambio de algún favor. El cuadro estaba pintado sobre arpillera a la cera y ocupaba un lugar preferente del salón de casa, era un tema vegetal de plantas verdes brillantes y ardientes, según creo recordar.

El caso es que, al ver mis denodados y frustrados intentos se acercó a mí y con una sonrisa en la cara, me cogió el pincel y con todo el cariño del mundo se prestó a hacerme una demostración.

Humedeció el pincel en agua, mezcló unos colores y con muy pocas pinceladas me pintó un patito.., que le quedó ¡precioooso!

Yo estaba alucinado, pero enseguida sentí que quería saber y aprender cómo se hacía eso.

Ya veis, una aparente tontería como un pequeño gesto puede hacer que cambie la vida de alguien para siempre. Parece irreal pero sucedió tal como lo cuento.

Esta es la primera vez que recuerdo de manera consciente, asistir al acto de mezclar unos colores y conseguir que nacieran otros totalmente diferentes de los que había mezclado.

Asistir al milagro de ver un color limpio, brillante y transparente fue increíble, me pareció algo mágico, de alta alquimia, y yo me preguntaba qué mundo era ese donde lo imposible se volvía posible. Así fue como quedé hechizado por su magia.

Creo que nunca seremos del todo conscientes de la transcendencia e importancia de cualquier pequeño gesto en nuestra vida, ni de cómo puede cambiar la de alguien de la manera más simple y sencilla, sin darnos cuenta de su transcendencia. ¡Qué pena nuestra falta de consciencia!

No sé cómo se llamaba ese hombre, ni tengo manera de averiguarlo, supongo que ni siquiera estará vivo ya que era mayor por aquel entonces y jamás sabrá lo que desencadenó dentro de mí, pero siempre le estaré agradecido por aquel mágico patito.

A partir de aquel momento mientras los demás niños disfrutaban jugando a la pelota, yo que no era capaz de acertar a darle una patada a un bote quieto, —ya que era un negado para el fútbol— dibujaba y coloreaba en la habitación de costura de mi madre, aprovechando su flexo metálico bajo el que ella arreglaba los desaguisados que infringíamos a nuestras ropas yo y mis hermanos.

Cuánto esfuerzo dios mío, zurciendo y remendando todo lo que nosotros cuatro estropeábamos, lo propio de los niños, logrando que aquellas prendas parecieran nuevas por muy heredadas y usadas que estuvieran; las mías, las de mis hermanas pequeñas y mi hermano mayor.

Más adelante saber dibujar se convirtió en la oportunidad de crear el mundo a mi manera, porque si algo no me gustaba con no dibujarlo ya no existía, al menos en mis dibujos.

Tuve la fortuna de que cuando contaba con doce años estudiaba el bachillerato en un instituto muy cerca del Museo del Prado y como no iba a casa a comer a mediodía, me comía el bocadillo según corría para el museo y ver a los copistas del Prado para aprender como pintaban. Creo que les hacía gracia ver a un crío pululando por allí todos los días con su bloc de dibujo y llegada la hora, tenía que salir corriendo para volver a las clases del instituto.

Mi hermano mayor estuvo en un grupo de teatro infantil y necesitaban alguien que les diera las entradas de música y las luces, me pidieron ayuda y al final también hacía los decorados de las obras que representaban, gracias a ellos hice amistad con Manuel Conde, poeta y crítico de arte, uno de los fundadores en pintura del «grupo el paso» y empecé a conocer a pintores, músicos, escritores, fotógrafos y actores.

El amor y la pasión por algo siempre encuentra la manera de expresarse.

Ahora sé que el arte busca de manera intuitiva, equilibrios y armonías que te traspasan y te hacen sentir que es posible el acierto en lo que quieres expresar, teniendo claro que lo que expresas es tu alma, tu espíritu, logrando manifestarlo.

Creo que hay pocas reglas y no hay etiquetas reales para el arte por mucho que se empeñen los teóricos, siempre es muy diferente la perspectiva de un práctico del arte al de un teórico, y por eso es un mundo lleno de libertad en su expresión más pura, y lo mejor de todo es que nunca se acaba de aprender y evolucionar en lo que a ello se refiere, ya que solo refleja quién eres a cada instante de tu continuo devenir.

Siempre he disfrutado dibujando y pintando en soledad en mi estudio o en mitad de la naturaleza porque solo soy un pintor como tantos otros, con ganas de pintar todo lo que resuena en mí, buscando esas armonías y equilibrios que hay que encontrar en cada cuadro, en cada dibujo, siempre abducido por el milagro de la belleza que llena nuestras vidas de magia en todo.

Prefacio

Amanece un largo y tedioso día más y yo sigo aquí junto a mis hermanos observando en soledad la ausencia del tiempo, compartiendo nuestra vejez, experiencia y cortedad, esperando con resignación el final de nuestros días, un tiempo este que nos hace vivir pasando de la oscuridad al aislamiento y al obligado cultivo de la paciencia junto al de la esperanza renovadora de sueños.

Hoy me parece increíble la cantidad y calidad de experiencias acontecidas a lo largo de mi vida, pero me sorprende lo aburrida y desesperante que puede llegar a ser en este vaso de cristal, que poco a poco se va cubriendo de polvo con el paso del tiempo en total retiro y abandono.

Ya no soy el ser altivo que era, mi porte tampoco lo es y mis sueños se han ido transformando y haciendo más pequeños al tiempo que decrecía mi tamaño, pero también he descubierto, digamos que me he dado cuenta de lo fugaz, mágica y misteriosa que puede llegar a ser la vida.

En estos momentos, en el silencio de mi recogimiento tengo toda la calma que necesito para escuchar mi corazón que tuve acallado por mucho tiempo sin querer oír lo que me decía y por eso aprovecho el final de mis días para relataros algo de mi existencia esperando no aburriros.

Soy el hijo de un árbol singular y magnífico, un cedro del Líbano, de madera dúctil y olorosa, que creció en un profundo valle rodeado de altas montañas en una región antigua y remota. La hierba crecía a sus pies acariciando su tronco, los pájaros cantaban a la sombra de sus hojas, un arroyo de aguas cristalinas entonaba su melodía regando sus raíces y cuando llegaba la noche y todo el valle descansaba, la luna iluminaba sus más altas ramas.

Orgullosamente robusto, creciendo en solitario, el brillante verdor de sus hojas se elevaba hasta acariciar la cúpula azulada del cielo y por la neblina espiritual que flota en estas montañas centelleaban al amanecer. No soy una cédride, ya que nací directamente del tronco de mi padre y por eso creo que tengo mucho de su formidable carácter.

No sé cuándo sucedió, ni quién incrustó en este cuerpo de noble madera mi alma de grafito, pero le estaré eternamente agradecido por ese mineral maravilloso, capaz de darme la oportunidad de expresarme. Esto es lo poco que sé de mi nacimiento por lo que me contaron.

Lo demás entra en una bruma de recuerdos sin memoria que no he logrado discernir, por eso mi historia comienza realmente cuando me encuentro junto a mis hermanos y como podréis ver es una historia muy sencilla.

Capítulo primero

Capítulo primero

En mi casa

Aún recuerdo otra época, ahora no parece que haya pasado tanto tiempo, en la que me encontraba con mis hermanos en un mostrador de cuidada madera de caoba, al abrigo de un cristal que nos ofrecía generosamente su protección y desde nuestra vitrina, veía y observaba todo con mucho interés y atención.

Vivía en una casa llena de tubos de brillantes colores al óleo de diversas marcas y tamaños, de preciosas e inmaculadas cajitas de acuarelas que dejaba embobados a todos aquellos que paseando por la calle, no podían eludir el pegar su nariz al escaparate de nuestra tienda, donde se mostraban cajas con su amplia gama de colores al pastel, de caballetes con sus diferentes categorías, según las maderas más o menos nobles con las que estaban construidos, lienzos de todos los tamaños y formatos, centenares de pinceles de todo tipo de pelo y forma, todo ello perfumado con olores a papeles de algodón, a trementinas, aceites y barnices diversos.

Para nosotros, cada vez que escuchábamos como la puerta de la tienda hacía sonar su campanilla al abrirse, era la señal inequívoca que acaparaba toda nuestra atención, porque todo se volvía movimiento y alegría, bullicio y trajinar de gentes interesadas por su idea de lo bello.

Allí nos visitaba una parte importante de la intelectualidad y la cultura, de la sensibilidad y la creación artística de nuestra ciudad, haciéndome sentir contento y afortunado, henchido de formar parte de ella.

Casi todas las personas que entraban tenían un aire peculiar, se respiraba la energía de su sensibilidad y su búsqueda y aunque su nivel de conocimientos sobre los oficios artísticos no siempre fuera el deseado ni el más adecuado, transmitían su anhelo de expresarse, un deseo que en muchas ocasiones no sabían cómo llevar a buen término. Aun así, todos eran bienvenidos.

Los dueños de la tienda se esforzaban con infinita paciencia y cariño aconsejándoles amablemente, ya que muchos de los clientes que venían, eran jóvenes estudiantes de arte que todavía ignoraban cómo llevar a cabo sus proyectos y culminarlos con éxito.

Asistíamos a su intento de comprender sus deseos para poder ayudarles en el estado de devenir en el que llegaban, aportándoles ideas y soluciones que le fueran válidas para resolver sus problemas creativos y artísticos.

Mientras tanto, cada amanecer me llenaba de ilusión al colarse por el escaparate y reflejarse en el cristal de mi vitrina, un diminuto pero alegre rayo de sol, que con su caricia, me despertaba y me llenaba de alegría con su luz y calor, esto por sí solo, hacía que mereciera la pena despertar cada mañana.

Yo permanecía en una espera tranquila y confiada inundado de cálidos olores familiares, me recreaba en la idea de ser alguien especial, sabía que era de buena familia y con clase, pues no en vano venía tanta gente interesante a verme y observarme con especial atención.

Cada día despertaba con esa alegría y vitalidad que da el ser joven lleno de sueños valerosos todavía por cumplir, pero también inconsciente de mi propia ignorancia, algo que a todos nos ha pasado a edades tempranas, y pienso que así debe ser, ya que en esta etapa nacen todos los sueños aparentemente imposibles, utópicos e inalcanzables, aunque factibles de asenderear o al menos de intentar, porque entonces es cuando disponemos de la energía suficiente para pelear por ellos. Como digo, creía tener muy claro para lo que había nacido y estaba orgulloso, por algo llevaba impreso en la frente mi clase, 2B.

Era consciente que estaba predestinado.

A pesar de todo y aunque pudiera parecerlo, no era pedantería sino sana inconsciencia de juventud, además, para compensar, siempre fui muy reflexivo. Así que de vez en cuando me asaltaban pequeñas dudas, una muy recurrente era que mis hermanos eran muchos y teníamos gran parecido, y eso… la verdad es que me inquietaba bastante.

De todas formas, con la llegada del nuevo día desaparecía toda duda y me concentraba en tener mi traje de pintura brillante y limpio de cualquier mota de polvo, estirando mi cuerpo todo lo recto que podía para parecer lo más sonriente, lustroso, largo y puntiagudo posible, esperando el momento en que alguien que supiera apreciar mi clase me eligiera como compañero.

Junto a mis hermanos a través de la vitrina veía pasar la vida y gentes de todas las edades y condición, pero todos ellos movidos por un mismo fin y un mismo sueño, por una misma pasión, cambiar la dureza y aridez de la vida mediante la sensibilidad y belleza que aporta el arte.

Y he de decir que tanto mis hermanos como yo poníamos gran atención al escuchar cualquier reflexión interesante sobre arte, pues allí se hablaba de imaginación, creación, armonía y sentimiento, cosas con las que se alteraban todas mis fibras y que presentía que iban a ser muy importantes para el posterior desarrollo de mi trabajo y esto claro está, no hacía otra cosa que reafirmarme en la idea de ser alguien con una misión muy especial en la vida.

Con paciencia debía esperar mi oportunidad ya que me sentía perfectamente preparado y dispuesto para desarrollar mi labor con premura y acierto.

En esto me hallaba pensando, cuando una tarde me llevé un susto de muerte, creí que todo se iba al traste cuando aquella anciana un tanto desaliñada y a mi entender con cierto mal gusto en el vestir, me señaló con el dedo a través de la vitrina expresando su deseo de llevarme con ella.

No sé muy bien por qué, pero me eché a temblar, no me gustaba nada como pintaba la situación y el miedo se apoderó de mi alma de grafito. «Adiós a mis sueños», me dije.

Me encogí intentando parecer más pequeño y tuve que sufrir estoicamente la humillación que supuso una especie de regateo sobre mi valor en forma de precio que la señora mantuvo con el hombre que nos prodigaba sus cuidados cada día.

Menos mal que al final le parecí «inapropiado», algo que yo ya sabía, aunque no me enfadé muy al contrario, me sentí aliviado y contento.

Pocas veces sucedía pero de vez en cuando aparecía por la tienda alguien con esa energía tan fea, ególatra y prepotente; de todos es conocido que algunos artistas adolecen de humildad y solicitan atención total y absoluta, refunfuñando y poniéndole pegas a todo.

Lo cierto es que a todos nos disgustaba ese tipo de actitudes, y los dueños de la tienda eran maestros en resolver estas situaciones de las cuales nosotros tomábamos nota intentando aprender de ellas.

Al final del día comenté con mis hermanos lo que había pasado como hacíamos siempre sobre lo acontecido en la jornada.

Ellos habían asistido a la escena con la anciana y he de reconocer que tenían opiniones diversas sobre el tema.

Yo intenté explicarles que deseaba una vida llena de aventuras y de imaginación, y que me parecía imposible que esa clienta me la proporcionara.

Mis hermanos no lo veían tan claro, es más, no creo que entendieran del todo mis argumentos.

De hecho, algunos afirmaron que posiblemente había perdido una gran oportunidad porque esa anciana a lo mejor era una gran profesional del arte y la pintura. Al final les manifesté que no era lo que buscaba, aunque no sabía muy bien lo que quería, si sabía lo que no quería, y entonces mis hermanos, solo dijeron:

—Bueno allá tú. Tú sabrás lo que haces.

Después de esto, volví por ese día a la tranquilidad de mi vitrina, pero siendo muy consciente de los peligros que me acechaban y a los que debía estar atento poniendo sumo cuidado. Poco a poco logré calmarme hasta que el cansancio acumulado por la tensión vivida me sumió en un sueño profundo y reparador junto a mis hermanos.

Al día siguiente me despertó con su saludo como siempre, nuestro cálido rayito de sol y el suave cosquilleo del plumero con el que el hombre que nos cuidaba nos quitaba el polvo y limpiaba y ordenaba nuestra vitrina.

Ya bien entrada la mañana algunos de mis hermanos fueron elegidos para irse con sus nuevos compañeros y se despidieron de todos los que nos quedábamos, como ocurría casi todos los días.

Esto despertaba en mí una paradoja constante, una mezcla de sentimientos extraños, no sé muy bien cómo explicarlo, no comprendía por qué la tristeza y la alegría convivían en mi interior y al hablar de ello con los hermanos que quedábamos solo me aconsejaron que no le diera tantas vueltas a la cabeza, que si seguía así se me iba a desconchar la pintura de ella.

En lo que sí estuvimos todos de acuerdo era en desearles a los que nos abandonaban la mejor de las suertes en su nuevo destino.

Pasamos la mañana entre comentarios de estas y otras cosas que habían pasado, ya estábamos casi al final de la jornada matutina, cuando de pronto volvió a sonar la campanilla de la puerta y su sonido atrajo mi atención, volví la cabeza y para mi sorpresa vi como un joven con cazadora de cuero se paró delante nuestra; de pelo desordenado, ojos soñadores brillantes y despiertos, de pobre barba y expresión un tanto mística, me gustó su dulce sonrisa, no sé muy bien por qué pero me cayó bien desde el primer instante.

A continuación, me apuntó con el dedo y viví unos momentos de máxima tensión, cogí todo el aire que pude y contuve la respiración para parecer lo más grande y robusto posible, mi intuición me decía que era lo más parecido a lo que yo esperaba y deseaba desde hacía mucho tiempo. No sé, sentí una conexión especial.

Bajo el brazo llevaba una carpeta de dibujo, titubeó un poco por el precio, sin embargo no regateó, en ese momento pensé que él sí apreciaba mi valor, aunque luego me enteré de lo que ocurría en realidad y era que en mi casa no le hacían descuento, pero eso tampoco viene ahora a cuento.

Sucedió todo muy rápido me cogió entre sus suaves y firmes dedos, pagó y nos fuimos.., y a lo lejos oí los buenos deseos de mis hermanos como despedida. ✎

Capítulo segundo

Capítulo segundo

En grises

Envuelto en un trozo de papel, todavía impregnado de los queridos olores de casa, me vi en un bolsillo exterior de su cazadora de cuero con la cabeza fuera y por un instante sentí tristeza y algo de miedo. Como decía, fue todo tan rápido que casi no me dio tiempo a despedirme de mis hermanos, aunque logré escuchar a lo lejos sus deseos de buena suerte y eso me tranquilizó y renovó mi ánimo. Al abandonar la tienda escuché por última vez la campanilla de la puerta de la que hasta entonces había sido mi casa.

Salimos a la calle, era invierno y aun siendo mediodía hacía frío, pero sentí el calor corporal de mi compañero pues estaba cómodo en el bolsillo de su cazadora y además podía verlo todo, y ¡vaya si había que ver!.., así que iba bien.

Era la primera vez que dejaba mi casa y me sorprendió ver la ciudad, sus calles, el ajetreo de los coches, las tiendas, los escaparates y el ir y venir de sus gentes, me sentí pequeño y un tanto abrumado, es más, creí que de tanto mirar para un lado y otro se me iba a desenroscar el cuello, «Voy a acabar con tortícolis», pensé.

A continuación fuimos a otros locales y tiendas, todas ellas relacionadas con el arte y con cierta premura realizamos otras compras de papeles y materiales.

Pero muy dentro de mí albergaba cierta desazón, inquietud e incertidumbre, aunque todo quedaba superado por la alegría y curiosidad de experimentar algo tan novedoso como lo que ya estaba viviendo.

Con todo este callejear me sentí un poco mareado de ver tantas cosas y personas, mi compañero parece que me leyó el pensamiento, porque al llegar a un bar se paró y entramos. Y una vez dentro, se dirigió a una mesa de las que allí había y fue saludado por varias personas que estaban sentadas en una mesa a los que él llamó amigos.

Mi compañero dejó la cazadora sobre el respaldo de la silla en la que se sentó y yo me alegré porque desde su bolsillo con la cabeza fuera, pude observar y escuchar todo lo que acontecía con gran interés y curiosidad.

Mientras comían asistí a una amena tertulia cargada de buen humor en la que intercambiaban pareceres sobre todos los temas imaginables, de política y arte, de música y cine, de teatro y cultura, entre otras muchas anécdotas recurrentes. De todas formas, observé que el humor iba en aumento según consumían un extraño líquido rojizo que se iban repartiendo en unos recipientes de cristal que ellos llamaban copas y que a mi parecer favorecía el diálogo entre ellos.

Desde luego estos amigos de mi compañero, en mi opinión, eran unos contertulios muy interesantes, inteligentes en sus pareceres y agudos en sus diatribas y no es de extrañar, pues entre ellos había un pintor, un fotógrafo, un poeta, un escultor y dos personas más que no sé a lo que se dedicaban, aunque también poseían una amplia cultura y se mostraban interesados en el arte y la belleza.

Desde mi posición los veía y escuchaba con suma atención y fue una experiencia de lo más enriquecedora.

Aprecié mucho, el que escucharan al contertulio que tenía la palabra y que los demás esperasen con paciencia y atención a que terminara su exposición para aportar su opinión sobre el tema planteado, nada que ver con lo que yo estaba acostumbrado a vivir en casa con mis hermanos, donde en ocasiones se liaba parda y raramente se podía escuchar con claridad lo que alguien decía o comentaba.

Estuvimos gran parte de la tarde con ellos sin darme ni cuenta de cómo transcurrió el tiempo, simplemente voló. También observé que cuando ya habían terminado de comer, pidieron café y copita y a mi modesto entender fue el momento en el que más simpáticos se pusieron todos, ya que a partir de ese instante todo eran bromas inteligentes, llenas de fina ironía, pero siempre de buen gusto. Me pareció que estaba asistiendo a una experiencia verdaderamente deliciosa, que me aportó un nuevo bagaje de conocimientos y puntos de vista sorprendentes sobre temas muy diversos y variados. Como digo, fue una tarde muy agradable.

De repente, en un momento dado y como si todos tuvieran un resorte en el trasero, mi compañero y los que departían con él se levantaron y a modo de despedida, dijeron algo así como:

—Bueno quedamos pronto, ya hemos arreglado el mundo, así que vámonos.

Me pareció curiosa la frase, aunque no entendí muy bien por qué lo decían. El caso es que mi compañero se levantó de la silla y se puso la cazadora, cogió la carpeta de dibujos y salimos del bar.

Sin embargo las sorpresas no habían terminado, porque después de caminar un trecho mi compañero se paró delante de un raro artilugio e hizo algo muy extraño, se puso como una funda negra redonda en la cabeza de aspecto muy duro y que le hacía totalmente irreconocible, aunque tenía una ventanita que le dejaba los ojos al descubierto. «Vaya gorra más rara» me dije. A continuación, se puso unos guantes negros. «Tendrá frío» pensé yo.

Y aún no salía de mi asombro cuando de esta guisa se dirigió al artilugio, al que solo me dio tiempo a observar unos segundos.

El artefacto en cuestión se componía de dos ruedas y algo similar a un asiento y lo digo porque mi compañero se sentó en él, pero eso no fue nada, porque nada más subirnos en aquella cosa mecánica todo se llenó de lucecitas y oí un potente rugido al arrancar su motor, que me dio un susto de muerte e hizo que temblara todo mi cuerpo. Todas mis fibras de madera se erizaron, creo, que anunciándome el peligro cierto que corría.

Cuando aquello se puso en marcha casi no podía abrir los ojos por el viento, me costaba respirar y sentí como nos desplazábamos por la ciudad a una velocidad impresionante. Al principio me asusté mucho, culebreábamos entre los coches siempre a punto de rozarlos y que a mí me parecía imposible que pasáramos entre ellos, así que abría y cerraba los ojos para no ver la posible hecatombe y el fatal desenlace al que estábamos destinados.

Aquel artefacto infernal rugía y se tumbaba cada vez que cogía una trayectoria diferente y al frenar estuve varias veces a punto de salirme del bolsillo en el que me encontraba.

Yo apretaba los dientes y cerraba los ojos para luego abrirlos creyendo que en cualquier momento llegaba el final de nuestra existencia. Además no entendía dónde íbamos con tanta prisa, y otra cosa más, ahora sí que hacía mucho.., pero que mucho frío.

Para mí que, en vez de *arreglar el mundo,* el mundo y la vida se iban a acabar en cualquier momento.

Entonces me recriminé, «¿No querías aventuras? Pues ya las tienes». A decir verdad cuando aquel monstruo mecánico se detuvo, aun tiritando de frío y de miedo, se me fue pasando el susto y creo que algo más tarde, después de todo tuve que admitir que hasta me gustó un poco.

Fue un viaje alucinante, toda una aventura, y por un instante pensé, «Si me vieran mis hermanos».

Fue un pensamiento muy fugaz porque todavía estaba muy excitado e inquieto, y muy nervioso por conocer al fin mi nuevo destino.

Caía la noche y la ciudad se iluminaba dándole un aspecto totalmente diferente al que había conocido durante el día y sin más, llegamos al hogar de mi compañero.

Me llevé una gran alegría cuando tras desenvolver el papel en el que iba protegido me dejó sobre lo que parecía una mesa de dibujo; enseguida sentí que estaba en un sitio en el que los olores eran iguales o muy parecidos a los de la casa que había compartido con mis hermanos, eso me reconfortó y llenó de confianza mientras me recuperaba del *viajecito* e intentaba entrar en calor.

Entonces me llevé otra sorpresa cuando justo a mi lado vi lo que parecía ser una pluma, mi compañero la había sacado de su bolsillo interior de la cazadora. Era preciosa y me saludó con un cálido:

—¡Hola!

La reconocí porque en la tienda que compartía con mis hermanos había unas muy parecidas aunque no tan bonitas.

Por supuesto contesté al saludo educadamente y con una sonrisa, «esto sí que es un buen comienzo», pensé yo.

Solo pude echar una breve ojeada a mi nuevo hogar porque mi compañero me dejó junto a la pluma, apagó la luz de la habitación y se fue, por lo que no tuve la oportunidad de observar nada con detalle, no obstante fue algo que casi agradecí ya que me permitiría descansar después de tan ajetreada jornada. Le deseé las buenas noches a la pluma, ella me contestó, y a pesar de la penumbra que invadía todo el espacio en que nos hallábamos sumidos, estuve repasando todo lo acontecido y no sabía si iba a poder dormir preso de gran excitación por lo ocurrido en este primer día fuera de casa.

Al final se ve que mi cuerpo necesitaba descansar y llegó el anhelado y reparador sueño. Con el sentimiento de que mi aventura ya había comenzado.

Capítulo tercero

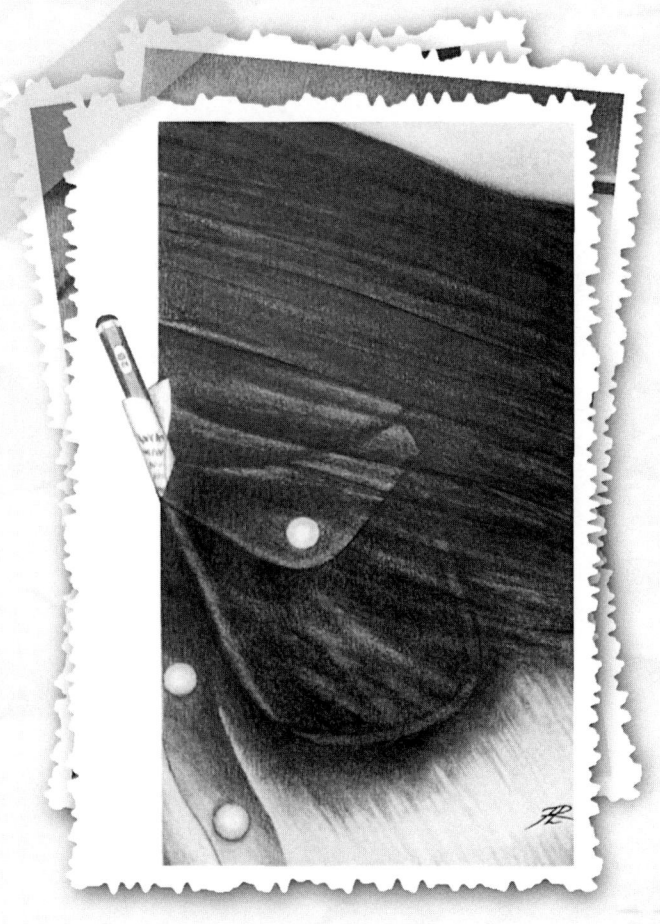

Capítulo tercero

Destellos de luz

Con las primeras luces del nuevo día me desperté y me gustó estar al lado de la pluma, ella todavía dormía y eso me dio la oportunidad de observar con tranquilidad el lugar que era mi nuevo hogar.

Había estanterías con muchos libros, un gran ventanal daba a un patio de luces abierto por un lado que dejaba ver un resquicio de cielo, de fondos limpios con matices azulados y que daba paso a la luz del sol que alegraba la estancia, pero aun así, por un instante eché de menos a mis hermanos y la suave caricia de mi rayito de sol que cada mañana me despertaba al reflejarse en mi vitrina y sentí algo de nostalgia.

Mirando con más atención, anoté en mi mente todos los cubiletes donde se encontraban algunos de mis nuevos hermanos, botes de cerámica llenos de pinceles, estantes con tubos de pintura en otros, cajas de acuarelas de diferentes tamaños, pasteles y maletines de óleos y muchos otros útiles y materiales que me rodeaban, procurando memorizar dónde se encontraban ubicados, intentando adivinar el lugar preferente al que mi compañero me destinaría.

Reconocí al momento dos mesas de dibujo modestamente equipadas, la pluma y yo nos encontrábamos en una buena y moderna, por contra la otra estaba formada por dos caballetes de madera regulables en altura y un simple tablero de aglome-rado laminado en blanco, eso sí, cada una tenía su lámpara.

Parecía que había todo lo necesario, aunque de manera un tanto austera para desarrollar nuestro hermoso e importante trabajo.

Reparé entonces en los cuadros apilados en una esquina de la estancia y que en otra había un mueble para guardar papeles y dibujos.

También había estanterías en alto colgadas de las paredes y llenas de libros.

En estas me encontraba yo cuando mi ya amiga la pluma despertó y después de un lindo bostezo, me saludó con un precioso y encantador:

—Buenos días.

A lo que yo le contesté con cordialidad.

A continuación pasó a hacerme las presentaciones de rigor de reglas, pinceles, lápices hermanos y todo tipo de utensilios que me saludaron al verme y a los cuales respondí educada-mente.

Pasadas las presentaciones llamó mi atención un cuadro un tanto extraño, se apreciaba que estaba sin terminar, apo-yado sobre un peculiar caballete de madera en la pared que tenía casi más pintura que el propio cuadro y delante de él, uno de los varios taburetes y sillas con ruedas que allí se en-contraban.

Yo creo que se notaba mi ansiedad y nerviosismo, tenía tantas ganas de comenzar la tarea con mi compañero que seguramente por eso la pluma me instó a que me calmara.

—Estás demasiado nervioso y alterado, tienes que calmarte.

Porque si algo debes aprender cuanto antes en nuestro tra-bajo es a tener, mucha… pero que mucha paciencia.

Yo por mi parte, le expuse:

—Es que llevo mucho tiempo deseando y soñando practicar aquello para lo que he nacido.

A lo que me respondió:

—Tranquilízate, en este trabajo como todo en la vida no sirven las prisas.

Por si te sirve de algo, yo lo que intento es tener en perfecto estado, mi punto para que deslice bien la tinta y mi espíritu para que las palabras y los trazos fluyan con facilidad desde nuestro compañero a nuestro amigo el papel.

Porque sé, que de ese modo, ayudo a nuestro compañero a expresarse y soy consciente de que esa es mi misión y la tuya, así que debes ocuparte de que tu punta y tu espíritu estén bien afilados para cuando llegue el momento.

—No sé si estoy muy de acuerdo con lo que dices, porque a mí lo único que me interesa y lo que estoy deseando es demostrar lo que valgo.

—No tienes que demostrar nada sino ser lo que «ya eres» afirmó con una mirada intensa y una cálida sonrisa, que desarmó en mí cualquier posible argumento en contra.

Más por seguir la conversación que por verdadero interés, le pregunté:

—¿Y tú cómo consigues tener en perfecto estado tu punto y tu espíritu?

Entonces me dijo:

—Es una cuestión de centrado, de ejercer la presión justa, de fluir con equilibrio y armonía, de amar totalmente lo que haces y lo que eres, siendo consciente de todo ello.

Se hizo un silencio largo y profundo, quedé enmudecido y os podéis imaginar la cara que se me quedó. Ella lo notó, porque enseguida se echó a reír y con ella haciéndole coro todos los demás presentes, incluido uno que al mismo tiempo, afirmaba:

—No la escuches demasiado.., ¿no ves que no está bien del capuchón?

En ese momento no se me ocurrió otra cosa que decirle:

—Pero si yo solo quería dibujar, mujer tampoco es para ponerse así.

—Disculpa —me respondió sin perder su sonrisa.

—Entonces me he equivocado porque yo creí que «tu vida es dibujar».

—Eso he dicho —aseguré yo.

—No es lo mismo —me contestó.

—Querer dibujar es una cosa y otra bien distinta es que «tu vida sea dibujar». Tienes que percibir la diferencia y descubrir realmente qué es lo que has venido a realizar, porque la vida es muy corta y si no lo averiguas pronto no podrás recorrer el camino que tienes por delante, ya que no lograrás poner toda tu atención y energía en ello.

Además, si no lo averiguas pronto te sentirás perdido, inseguro, como una hoja a merced del viento, sin rumbo, y a nada le encontrarás el sentido necesario para vivirlo con intensidad y pasión.

Durante unos momentos que me parecieron una eternidad quedé mudo, en un silencio profundo e incómodo, la verdad es que no sabía que decir.

Observé que los demás ya no tenían su atención puesta en nosotros y así pasmado me quedé pensando en el intenso discurso de «mi amiga».

Pero ella aún no había terminado y me sugirió:

—Averigua si el camino que escoges es un «camino de corazón».

Yo le pregunté:

—¿Y qué es eso?

—Un camino de corazón es aquel que se escoge por amor, no por ambición.

Y con su brillante sonrisa, añadió:

—Pregúntale a tu corazón.

Y así quedó la cosa, solamente pensé, «eso te pasa por preguntar».

Quedamos en silencio, era mediodía, lo sé porque el sol estaba muy alto.

Sumido en mis pensamientos surgió una diatriba en mi interior, por una parte, estaba claro que esta chica era muy rarita, pero por otra estaba intrigado, inquieto, desde luego lo primero que pensé es que esta chica era «un coco» y sus ideas eran tan diferentes... Había algo extraño no solo en lo que decía, sino en cómo lo decía.

De hecho, estaba sorprendido por que no me sentí agredido ni ofendido por su manifiesto, algo raro en mí, ya que mi naturaleza tiende a defender la razón y la lógica como argumentos de fuerza y suelo pecar por mi exceso de vehemencia, aún a sabiendas de lo arbitraria que es la razón.

El caso es, que despertó en mí cierta curiosidad por saber más de la extraña forma de pensar que tenía mi nueva amiga la pluma.

Ya por la tarde quise reanudar dicha conversación pero la verdad es que no sabía como provocarla ni por donde empezar, estaba seguro de que ella sentía mi inquietud, así que sin excusa ni preámbulo alguno le propuse a mi amiga seguir hablando de ello.

A lo que ella alegó:

—Hablar, realmente sirve de poco porque lo que hemos

tratado nace de una práctica de vida y no sirve de nada que lo entiendas desde la mente y la razón, ya que lo importante es experimentarla y vivirla.

Le pedí que me explicara en qué consistía esa práctica de vida.

Y ella volvió hacia mí sus preciosos ojos color caramelo, su capuchón de rojiza *henna* y su sonrisa me encandilaron, comenzando a hablar de nuevo:

—Sé que no siempre es así, pero en ocasiones, una pequeña semilla da lugar a un grandioso árbol como fue en el caso de tu padre que te dio la vida.

Compartimos este mundo con personas que siembran y riegan de continuo las semillas de la violencia, que a su vez generan ira, odio, rencor y venganza, con lo que es fácil que muchas de ellas prosperen en la naturaleza humana.

Como más adelante comprobarás, nuestro compañero sigue un camino de corazón que hace a lo más hondo y profundo del ser humano, es un camino de continuo aprendizaje, expresión y crecimiento de la conciencia del ser, quiero decir, de ser consciente momento a momento, de lo que uno hace y siembra a lo largo de este tiempo dado que llamamos vida.

Él busca una mirada desde el verdadero *Ser esencia* y cómo interactúa con todo lo que le rodea, y desde ahí nos quiere mostrar su visión del mundo y la vida, es más, su intento está en ser capaz de descubrirnos su belleza para compartirla y que resuene en los demás.

Para este trabajo que ocupa a nuestro dueño y compañero es para lo que precisa y requiere nuestra entrega y ayuda incondicional.

¡Cómo me quedé!... Sentí que lo que decía seguramente estaba cargado de verdad, pero a mí solo se me ocurrió contestar:

—Eso no parece nada fácil y yo.., tan solo soy un lápiz.

—Es obvio que no es fácil —me dijo. Descubrir la belleza con honestidad y veracidad no es nada fácil, porque se necesita de una mente muy clara y en calma y además requiere aprender todo sobre el manejo de nuestra intención y atención, …y eso tampoco es fácil.

La verdad es inatrapable para la mente porque la verdad es mucho más rápida que ella, la verdad cambia de instante a instante, porque la verdad de hoy no es la de ayer ni será la de mañana, pero buscarla de momento a momento es lo que da el rumbo correcto a nuestra vida, aunque en numerosas ocasiones resulta un camino muy duro y árido.

Si quieres recorrer ese camino solo tienes que decirlo, porque yo tengo llaves que abren puertas, pero tú tendrás que abrirlas y por si te interesa recorrerlo, te diré que descubrirás senderos maravillosos llenos de magia y misterio, que harán de tu vida una experiencia única, inigualable y llena de sorpresas. De una veracidad e intensidad que jamás podrías haber soñado.

Piénsatelo bien, ya me contestarás.

Y se quedó tan pancha.

«¡Hala!, ahí va eso», me dije yo.

La verdad, es que me sentí sobrecogido y asustado con lo que estaba escuchando y un tanto aturdido, me pareció algo exagerado, es más, en realidad me parecía muy difícil y complicado, por no decir imposible de llevar a cabo, eso que yo hasta ahora creía que estaba preparado para realizar mi trabajo. De resultas se me pasó por la cabeza si mi «amiga» la pluma, en verdad no sería una zahorí que me estaba «hechizando» con algunas artes por mí desconocidas.

Y aunque intuía la importancia de lo que hablamos hasta ese momento, más por cortesía que por otra cosa y por terminar la conversación que ya me estaba dando dolor de cabeza, le contesté con un conciso:

—Está bien, lo pensaré.

En estas estaba yo cuando mi compañero y dueño apareció como un ángel salvador, sacándome de mi perplejidad y ensimismamiento, así que rápidamente volvió mi ansiedad y nerviosismo y pasé a un estado de máxima alerta, todo para nada.., porque un instante después me sentí frustrado cuando vi como eligió al carboncillo para dibujar.

Era descorazonador, no entendía nada.

¿Para qué me había comprado el día anterior si ahora no me iba a utilizar?

Además, el carboncillo que solo era un palo a medio quemar, que ya me había presentado la pluma, era un tipejo de esos graciosillos y bastante sucio por cierto. De hecho al cogerlo nuestro compañero y pasar a mi lado, me dijo:

—¡*Cuidao* que mancho!

Y vaya si era verdad, pues por donde quiera que pasaba iba dejándolo todo sucio y manchado de su fino polvillo negro.

Después de esto, mi ansiedad estaba disparada y hacía mella en mí el desaliento, ¿cuándo llegaría mi momento!, tenía tanta ilusión y ganas de empezar a demostrar mi talento…

Encima, mi compañero se había puesto de espaldas a mí para dibujar en un tablero fuera de la mesa de dibujo con ese pedazo de tiznajo negro.

La pluma que estaba a mi lado vio mi enfado y se puso muy seria, me recordó que no tuviera prisa, que ya llegaría mi momento, y me aclaró:

—No es que nuestro compañero nos dé la espalda sino que no quiere que nos manchemos con el carboncillo, y aún más, deberías albergar dentro de ti los mejores deseos de éxito para ellos.

—Si mujer, ¿y qué más? —protesté.

Pues lo que verdaderamente sentía en mi interior era que el carboncillo era mi rival y ya estaba pensando en la manera de presentarle batalla, aunque hoy estaba claro que él me había ganado la partida.

Ante mi actitud, la pluma me preguntó:

—¿Por qué te sientes agredido?, aquí no hay ninguna lucha y esto no es ningún campo de batalla, no hay ni puede haber vencedores ni vencidos, deberías reflexionar sinceramente sobre qué es lo que te molesta tanto, aprenderás mucho si intentas averiguarlo y comprenderlo.

¿También piensas en mí como en una rival?

Casi en un susurro, pero todavía enfadado, le dije:

—No, claro que no.

—Somos compañeros —prosiguió—, y aunque no somos iguales nos une el mismo fin, el mismo sueño porque somos lo mismo, todos somos lo mismo, ¿no te das cuenta?

Sería mucho mejor que observaras y aprovecharas para ilustrarte con el trabajo que están realizando, estoy segura de que puedes aprender mucho de ello.

Un poco avergonzado por la regañina guardé silencio, aunque a los pocos segundos y haciendo caso a la pluma, ya me estiraba para poder ver lo que estaban haciendo y pude comprobar, la expresión de un trazo tan profundo y oscuro como solo lo puede conseguir un carboncillo y las transiciones de ese trazo oscuro hacia la luz máxima con sus matices aterciopelados y llenos de delicadeza, el gesto conseguido y las zonas inacabadas a propósito. Todo ello me hizo pensar que un dibujo expresa lo que quiere no solo por lo que cuenta, sino también por lo que deja de contar.

Después de un buen rato que se me hizo muy largo, porque todavía estaba renegando y mascullando todo el tiempo dentro de mi cabeza, nuestro compañero dejó dentro de su cajita de madera al carboncillo.

Entonces la pluma le preguntó al carboncillo:

—¿Que, qué tal ha ido?

El carboncillo asomó la cabeza de la cajita y con un suspiro y una sonrisa, le dijo:

—Yo qué sé.., creo que o se ha equivocado de tipo de papel o está experimentando algo nuevo. Chica no sé, solo espero que le sirva lo que hemos hecho juntos.

Y ella le contestó:

—Seguro que sí, no te preocupes.

—No, si no estoy preocupado, yo me lo paso bien trabajando y disfruto de ello —afirmó el carboncillo.

—¿Cómo que no sabes? ¿Es que no conoces tu trabajo? —intervine yo—, parte de tu trabajo es saberlo.

El carboncillo me miró a los ojos con una sonrisa pícara e inteligente, pero sin perder ni un ápice de su amabilidad y gracia y encogiéndose de hombros, me explicó.

—En arte nunca se sabe, porque es un viaje hacia lo desconocido, de búsqueda, y la mayoría de las veces para este viaje hay que olvidar casi todo lo conocido, no sirve lo que ya sabes.

Me quedé pensativo mientras la pluma con mucha gracia, levantó las cejas y me lanzó un guiño.

El carboncillo continuó:

—El campo de todas las posibilidades es el de la incer- tidumbre, el de no saber qué puede pasar y es ahí donde nace la intuición, ese es el terreno de la verdadera creatividad. Todo lo demás hace al territorio del buen oficio y del conocimiento que solo vale si está al servicio de la creatividad. Lo verdaderamente nuevo, raramente nace de lo viejo, pues de lo viejo lo que surge casi siempre es evolución, no renovación.

Asombrado, me quedé callado intentando comprender lo que me había dicho; lo cierto es que no me esperaba una respuesta tan profunda de un trozo de palo quemado, bueno, del carboncillo, ni de lo difícil que podía llegar a ser el trabajo que debíamos acometer.

Así que después de considerarlo con tranquilidad me disculpé con él, porque si algo bueno he tenido en mi vida es que nunca me ha costado pedir perdón a alguien, cuando me he dado cuenta que me he equivocado juzgando con demasiada premura. Y así se lo manifesté:

—Te doy las gracias por tu enseñanza y espero que aceptes mis disculpas.

Entonces él se despidió de mí, diciéndome:

—No pasa nada, ahora estoy cansado, necesito descansar. —Y con una pequeña nubecilla de fino polvillo negro desapareció dentro de su cajita, con un:

—Hasta mañana, listillo. —Que a mí no me gustó.., nada.

Así pasó otro día más sin estrenarme y aunque entendí a mi amiga la pluma y a su amigo el carboncillo, yo seguía sintiendo cierto resquemor hacia él.

La pluma que parecía poseer dotes adivinatorias me miró abriendo mucho los ojos y levantando las cejas.

—No puedo evitarlo —le dije—, yo soy así.

Con una media sonrisa y sus ojos llenos de luz y comprensión me miró mi amiga cariñosamente, mientras asentía con la cabeza sin enfadarse, pero con cierto aire de desaprobación. ✐

Capítulo cuarto

Por increíble que parezca un día desperté y me di cuenta; los lápices, carboncillos y pinceles, todos ellos se habían puesto de acuerdo y se hicieron dueños de su dueño.

No sé que fórmula mágica ejerció... bieron en mí, pero funcionó; quedé fascinado y atropado para siempre. No me dejaban descansar... ni de noche ni de día...

Capítulo Cuarto

Desde la oscuridad hacia la luz

No sé cuántos días pasaron, aunque a mí me parecieron muchos, pero un buen día muy temprano entre olores de café y tostadas, desperté con mi compañero sentándose en la silla, amiga inseparable de la mesa de dibujo en la que yo me encontraba junto a la pluma. Fue de improviso, no me lo esperaba, rápidamente me espabilé, me estiré y enseguida fui consciente de lo que pasaba.

En un instante y sin preámbulo alguno, se hizo cargo de mí y un poco nervioso sentí que tenía que prepararme para estar a la altura de las circunstancias.

Mi compañero cogió a mi amiga la pluma y la colocó con delicadeza a un lado de la mesa para dejarla despejada, en ese movimiento ella se despertó con un discreto y gracioso bostezo y viendo lo que acontecía me dirigió un escueto deseo:

—¿Ves? ya llegó tu momento, buena suerte.

Lo agradecí de verdad porque su deseo me infundió valor.

Pensé que mi compañero y yo juntos teníamos un futuro halagüeño, yo estaba lleno de felicidad y excitación, convencido de formar un gran equipo junto a él; estaba confiado en que mi papel sería de gran importancia y transcendencia, me haría imprescindible y llegado el momento reconocería mi pasión, talento y esfuerzo.

Como digo, aunque nervioso estaba encantado y sentía mi corazón henchido y acelerado, pues «nos disponíamos a crear».

Por fin podría demostrar mi valía, la calidad y excelencia de mi grafito y definitivamente sería su instrumento más útil y mejor afinado.

Dejando a un lado estas cuestiones no había tiempo para más, ya que mi compañero cogió unos papeles de blanco inmaculado, sentí un escalofrío que recorrió todo mi cuerpo, tenía que estar presto a cumplir con el trabajo para el que había nacido, mi destino, intentando hacerlo lo mejor posible, «buscando la excelencia en el resultado».

Ya entre sus dedos mi compañero ensayó en el aire un gesto y yo en mi debut, asumí con alegría el daño que suponía el restregar y tiznar el papel, aún sin ser consciente de que él era mi auténtico y verdadero compañero de fatigas. Ni tan siquiera hacía mella en mi ánimo, el hecho de que rectificase en tantas ocasiones lo que con tanto esfuerzo, mimo y cuidado, habíamos realizado juntos, viendo como nuestro trabajo acababa en la papelera una y otra vez.

Sentía que mi compañero y dueño, la mayoría de las veces no sabía lo que buscaba ni lo que quería, parecía totalmente ajeno a mi dolor, sí mi dolor.., ya que desde el primer instante me di cuenta de que la vida me iba en ello.

Cómo no darme cuenta, si cada vez que corregía el papel quedaba sucio perdiendo su blancura original y la asquerosa «Milan», inutilizaba mi anterior trabajo y esfuerzo. Así pensaba entonces, lo cuento como lo sentía.

Y acto seguido, asistía a lo peor de lo peor, el acortamiento de mi existencia introduciéndome en un agujero negro equipado con una cuchilla asesina, atormentándome con un sufrimiento que parecía interminable, dando vueltas y más vueltas para sacarme a continuación, igual de puntiagudo que cuando salí de mi casa y me separaron de mis hermanos. Eso sí, mucho más corto, pequeño y dolorido.

Una operación esta que se repetía a mi modesto entender con demasiada frecuencia y como si no pasara nada, con su total indiferencia.

Hoy día soy consciente de que ni la goma de borrar ni el sacapuntas tienen culpa de nada pues solo hacen su trabajo, pero en aquellos instantes llegué a aborrecerlos y a temerlos, por qué no confesarlo, eran nuestros enemigos mortales, sobre todo míos, pero también de mi amigo de fatigas el papel.

Y fue en estos momentos cuando aparecieron mis mayores dudas e inquietudes, no sabía si mi compañero valoraba el trabajo realizado y el precio que para mí tenía, pues yo perdía mi alma mineral de grafito que con tanto esmero y cuidado guardaba envuelto en mi cuerpo de oloroso cedro, que a gran velocidad también se acortaba.

Madera noble, pues según me habían contado no había cartera de infante en la que no rezumara su perfume a través de sus virutas guardadas, como si de un tesoro en forma de tirabuzones se tratara, desempeñando su oficio uno de los más nobles de todos, «la enseñanza».

Mi compañero me cogía y soltaba continuamente, hasta que llegó el momento en que acabó mi sufrimiento, al menos por este día, descubriendo por mi parte cómo mi tamaño y mi vida habían mermado lo suyo, pero aun así yo pensaba esperanzado que mi acto de generosidad se vería recompensado en algún momento. Cansado mi compañero, y yo agotado, me dejó a un lado de la mesa en un plumier de madera muy cerca de la pluma, su mirada y su sonrisa fueron un bálsamo para mi ánimo y leí en ellas la comprensión sin juicio ni crítica.

Desde donde me encontraba podía observar la ventana y no sé por qué, me dio por pensar que hay ventanas físicas, ventanas mentales y ventanas del alma. Y me pareció que lo que había estado creando con mi compañero, tenía que ver con esas ventanas del alma que se abren de par en par cuando nos hacemos conscientes de lo efímero y fugaz que es la existencia.

Y que esas ventanas del alma cuando las abrimos nos invitan a vivir con intensidad experiencias verdaderas y audaces, aprendiendo a amar este regalo que llamamos vida.

Estoy tras la ventana y lo único que puedo hacer es observar desde el interior lo que ocurre en el exterior y me da por pensar que debo intentar comprender lo que observo y no controlarlo.

Reflexionando en todo esto la noche se hizo presente y la pluma que estaba a mi lado volviendo su cabeza, me lanzó un beso y me deseó un…

—Buenas noches.

Yo me ruboricé y a duras penas musité un…

—Hasta mañana.

Aún dolorido y exhausto me costó un rato conciliar el sueño pues estaba confuso, asustado y me rondaba la cabeza una pregunta, ¿cuánto durará mi vida a este ritmo…?

Al día siguiente por la tarde, mi compañero y dueño me tomó y guardó en el mismo bolsillo de su chaqueta de cuero en la que vine desde la casa que compartiera con mis hermanos, entonces cruzó por mi mente una idea y era, que a lo mejor le había defraudado y quería devolverme a mi casa, aunque sentí cierto alivio al ver que también cogía la pluma y la ponía a buen resguardo en el bolsillo interior de su chaqueta. Además cogió una carpeta llena de papeles de dibujo, tizas de sanguina y sepia, al menos, eso hizo que no me sintiera tan triste y solo.

Volvimos a montar en ese artilugio infernal en el que vinimos hasta su casa y nos desplazamos por la ciudad con un magnífico atardecer lleno de fantásticos colores violáceos, rosas y anaranjados. Me pareció que la ciudad estaba preciosa.

Paramos en un lugar que me impresionó por su arquitectura llena de belleza, fuerza y equilibrio, sin duda era un sitio especial y en su portada rezaba un nombre «Círculo de Bellas Artes», así que mis diatribas mentales se esfumaron al instante.

Una vez nos adentramos en él comenzamos a subir por unas interminables y maravillosas escaleras de un precioso mármol blanco, que a lo largo de su recorrido tenía grandes ventanales que nos ofrecían unas bellísimas vistas de la ciudad según ascendíamos por ellas.

Y para mi asombro, al final de las escaleras entramos en un habitáculo semicircular que estaba lleno de personas dibujando y pintando.

¿Y qué dibujaban y pintaban?

Me da un poco de vergüenza decirlo, pero eran hombres y mujeres.., desnudos.

Me quedé estupefacto y en vez de verde que siempre ha sido mi color me puse rojo como un tomate ya que nunca había visto algo así.

Pasado un primer momento de pudor y de cierto rubor, no hubo tiempo para nada; mi compañero sacó los papeles y se aprestó a dibujar a toda velocidad, porque los modelos se quitaban de la pose antes de que nos diera tiempo a terminar cualquiera de los dibujos. Pasamos toda la tarde hasta bien entrada la noche dibujando.

Al bajar y pasar por los ventanales de la escalera pude observar cómo la ciudad tenía todas sus luces encendidas, nos paramos en una planta que era la cafetería del lugar donde los modelos simplemente cubiertos con una bata, debatían con los artistas sobre sus poses y las dificultades para representarlas. Fue muy bello e interesante su naturalidad y comentarios sobre ello.

En esas estábamos cuando vi que mi compañero saludaba a una mujer que surgió como un hada entre la niebla, me pareció un ser de naturaleza mágica, su sonrisa irradiaba una luz interior que te hacía sentir cómo su alma también te sonreía y no sé por qué, pero me hizo recordar a mi linda amiga la pluma, de hecho yo creo que tenían gran parecido, hasta pensé que debían ser hermanas en su luz.

Después de un saludo muy cariñoso con un beso, tomaron algo y hablaron de cómo había ido la sesión de dibujo, mi compañero le comunicaba su descontento y según él, los pobres resultados que habíamos obtenido después de tantas horas trabajando y con tanto denuedo.

Su pareja le consolaba diciéndole:

—Date tiempo.

¡Cómo me sonaba esa frase!

Muy entrada la noche abandonamos el edificio.

Salimos y volvimos a montar en el artefacto que ya conocemos y que ahora sé que se llama moto, para dirigirnos a casa toda la familia, mi compañero ahora iba mucho más tranquilo y despacio que en el anterior viaje, se notaba que llevaba algo muy valioso en la moto. Este paseo me tranquilizó y me permitió disfrutar de la ciudad y sus luces nocturnas, sentía que mi compañero estaba contento.

Al llegar a casa volvimos a nuestra mesa de dibujo y con la pluma al lado se me ocurrió preguntarle:

—¿Por qué crees que nuestro compañero está siempre descontento con los resultados de nuestro trabajo?

—Pues porque busca la perfección y los perfeccionistas raramente encuentran algo lo bastante perfecto, porque lo perfecto no existe más que en nuestra mente, en realidad solo es una engañifa de ella, pero así consigue hacernos habitar siempre en la máxima exigencia.

Creo que es muy difícil el trabajo que nuestro compañero realiza y por eso le cuesta tanto estar a gusto con sus resultados, pues lo suyo es la exigencia continua en la búsqueda del acierto en lo que quiere expresar y compartir con los demás para que tenga una utilidad también para ellas. En fin, es complicado...

Después de escuchar esto, se hizo más fuerte en mí el deseo de ayudar a nuestro compañero, pero sería otro día, ahora tocaba descansar. ✐

Capítulo quinto

Capítulo quinto

Claroscuros

A la mañana siguiente, al clarear el día, eché en falta a la pluma y pensé en ¡cuánto me hubiera gustado despertar viendo al menos su bonita y agradable sonrisa! Mirando alrededor mi vista tropezó con la goma de borrar que me saludó.

—Buenos días —me dijo amablemente.

Pero yo la verdad es que no estaba para buenos días así que vi mi oportunidad, cargué contra ella y manifesté:

—Mujer contigo quería hablar yo, ¿es que no puedes borrar menos?, ayer estuviste todo el día estropeando mi trabajo de continuo, ¿qué tienes que decirme a eso?, ¿que puedes alegar en tu descargo?, al menos dame una explicación.

Ella al principio se sorprendió pero no se molestó y con calma, trató de explicarse:

—Es cierto que mi principal trabajo es borrar aunque no es el único, también lo es rectificar y conseguir matices para completar los tuyos, no sé si te has fijado, pero el blanco de nuestro amigo el papel no es el blanco que yo consigo.

—Sí.., sí, eso bien lo sé —le dije todavía enfadado.

—Puede que lo sepas —repuso la goma, pero creo que no llegas a comprender el alcance que tiene, compartimos mucho más de lo que crees, tanto que incluso el recorrido de nuestra vida está íntimamente unido, porque cada vez que borro también pierdo mi vida, es más, a mí me cortan hasta trocitos para conseguir sacar algunos blancos diminutos, así que no somos enemigos sino hermanos y aunque todavía no lo entiendas más adelante te darás cuenta.

—Sí, vale —respondí, —pero es que tu.., tú no paras de enmendarme la plana y de cambiar todo lo que se me ocurre hacer, no respetas nada.., y así no hay manera de llegar a ningún sitio.

La goma me dijo:

—Es que no estás entendiendo que parte de mi trabajo no es solo corregir el tuyo y modelarlo, sino también complementarlo para que nuestro esfuerzo nos lleve al acierto, que es lo que nuestro compañero necesita de nosotros, fluyendo con él y esto no tiene nada que ver con llevarte la contraria a ti, no es nada personal, aunque tú así te lo estés tomando.

Después de esto lo dejé estar, porque no sentí ningún alivio en mi enfado y no me pareció el momento de seguir con la conversación, «¿para qué?», me dije, «es igual».

En estas estaba yo cuando cerca vi al sacapuntas, un escalofrío recorrió todo mi cuerpo, pero él que también me había visto me saludó.

—¡Hola! ¿Qué tal?

No sabía qué hacer ni dónde meterme, si hubiera podido habría salido corriendo de allí, aunque como todo el mundo sabe los lápices no tenemos piernas.

Y visto así, ya que el enfrentamiento era inevitable le eché valor y desembuché:

—¿Cómo puedes dedicarte a tu oficio sabiendo que lentamente y poco a poco acabas con nuestras vidas? —y por lo bajo entre dientes, se me escapó un... ¡Asesino!

El sacapuntas con un suspiro me miró resignado y sin alterarse me habló así:

—Como casi siempre nada es lo que parece, en realidad tu vida sin mi trabajo no valdría nada en la misma medida que la mía sin el tuyo tampoco.

Y con cierta socarronería, argumentó:

—¿Alguna vez te has preguntado quién iba a querer para dibujar un lápiz sin punta?, si yo no descubro y afilo tu punta mineral de grafito ¿para qué servirías?

Soy consciente de que mi trabajo no es agradable y hasta de que causa dolor, pero es inevitable y necesario, también sé que esto hace que todos al principio de conocerme me teman, sin embargo, con el tiempo se dan cuenta de que la vida que nos toca vivir es así y no es ni justa ni injusta, simplemente es «lo que es» y hay que aceptarla «tal y como es» y de otra cosa más, que dura lo que dura.

¿Qué serías tú con tu punta de grafito roma?, sí, desde luego que tu vida sería muy larga, pero serías lo más parecido a un parásito, a alguien con una vida sin sentido ni propósito. Hay ocasiones en que parece que quien más te quiere, más te hiere, pero si observas despacio, verás que todo tiene su razón de ser, ninguna gota de lluvia, ni ningún copo de nieve cae de manera equivocada, todo es como tiene que ser y en el instante que tiene que ser.

De hecho, si lo piensas bien, todos sacamos algo en la vida y espero que tú saques algo en claro de todo esto, algo limpio y clarificador, para que no dejes que un sentimiento equivocado te descentre, no te deje ver y te ciegue.

—Ya veo, tú es que le sacas punta a todo ¿no?—, es lo único que supe decirle.

El difumino que llevaba un buen rato asistiendo a mi disputa con el sacapuntas, intervino entonces:

—Venga ya hombre deja de ser tan cabezota, no emplees tanto la dureza porque la dureza no es la fuerza, deja que tu enfado se difumine, yo te puedo ayudar en eso.

—Pero bueno, ¿y a ti quién te ha dado vela en este entierro? —le espeté, dejadme todos en paz.

La goma, el sacapuntas y el difumino se pusieron a hablar entre ellos y la goma explicaba:

—No os enfadéis con él, es nuevo en esto y todavía ignora muchas cosas de nosotros y nuestro trabajo.

—Dios mío dame paciencia pero ¡dámela ahora mismo! —bromeó el sacapuntas. Y todos se echaron a reír.

A lo que el difumino afirmó:

—Solo está asustado, su rabia, su ira, solo es ignorancia y miedo, démosle tiempo, aunque sea un poco zangolotino, tiene que asumir lo que le toca vivir y estoy seguro de que más pronto que tarde, se dará cuenta de la veracidad de lo que hemos hablado y lo verá con claridad.

Yo me había apartado de la conversación y todavía estaba algo enfadado, aunque la verdad es que ya no sabía ni siquiera contra quién ni por qué lo estaba, me había quedado sin argumentos, no sé, estaba hecho un mar de dudas.

Además, en ese primer momento lo que pensé es que aquí todo el mundo tenía muchas reglas y leyes que yo desconocía, y que ellos tenían argumentos y respuestas para todo ante mi impotencia para poder contrarrestarlas.

Mi reflexión final fue «que todos estos eran muy listos».

Intentando distraer mi mente para que se me pasara el enfado, advertí que muy cerca de mí se encontraban unos vasos de cristal en los que había otros hermanos mayores de edad que yo y por tanto mucho más pequeños, ya que habían encogido lo suyo por el uso y el paso del tiempo.

Entonces me dio por pensar en la ironía que supone, que según te haces mayor y tienes más edad, más pequeño te vas haciendo, y fue como un fugaz destello, no sé dónde se originó, pero dentro de mí surgió una reflexión en forma de pregunta:

¿Qué era lo que con el tiempo decrecía en nosotros además de nuestro tamaño?, ¿habría algo más que yo todavía no veía?, ¿sería nuestra importancia personal, nuestra petulancia y pedantería lo que decrecía?», en fin.., ya no sabía que pensar.

Este razonamiento me reafirmó en la idea de que no estaba preparado para esto, que yo qué sabía, incluso llegué a pensar que este traje me venía grande, pero de momento traté de dejar atrás estos oscuros pensamientos que no hacían más que dar vueltas en mi cabeza.

«Vaya día que llevo.., ¡para ya!» me dije, intentando calmar mi mente.

Así que me dispuse a saludar a mis hermanos mayores de los vasos de cristal, al menos para cambiar de tema, aunque me sorprendió que ellos no parecían ser conscientes de todo esto, porque a pesar de ello estaban contentos, bromeando y hasta parecían alegres y felices.

Pero es que según mi punto de vista y mi estado de ánimo, estaban demasiado contentos. Todo eran risas y chascarrillos entre ellos, y claro, yo en principio no entendía nada, es más, lo que me parecía que pasaba es que con el tiempo, seguro que la madera se les había estropeado y tenían la cabeza totalmente llenita de serrín.

¿Cómo podían estar tan contentos conociendo nuestro fatal destino?

En un momento dado uno de ellos se volvió hacia mí, tenía una mirada clara y limpia como debe ser el mar, que solo he visto en fotos y cuadros.

Ante mi extrañeza, llamó mi atención para que observara un bote de cristal transparente, tan sucio que costaba bastante apreciar su contenido y cuál fue mi sorpresa, cuando vi que en él se encontraban nuestros hermanos más ancianos, casi amontonados, nunca había visto nada igual, eran los más pequeños de todos nosotros y se hallaban totalmente cubiertos de polvo, como olvidados y abandonados a su suerte.

Aquello era el colmo, ya no podía más, todo se me vino abajo, hecho un mar de lágrimas di rienda suelta a mi amargura y comencé a quejarme de nuestra suerte y nuestro cruel destino por todo lo observado y acontecido, sin atisbar ninguna posibilidad de zafarme de él, aquello era lo que me esperaba.

Un hermano mayor muy seriamente, me reprendió:

—Ya está bien de quejarte y lamentarte, aprende de ellos, no ves.., —continuó diciéndome—. Tú lo único que ves es una parte de nuestro destino, solo estás mirándolo, pero no estás «viéndolo todo», deberías preguntarte por qué ellos no se quejan.

Pero yo seguía llorando desconsolado y no parecía que pudiera parar; mis sueños, mi vida, mi tragedia, mi destino.., me pareció todo tan injusto y mi pena tan inabarcable.., por más que lo intentaba no podía interrumpir el monólogo de mi cabeza que parecía una trituradora y mi corazón estaba desbocado y sin consuelo en completa zozobra.

En ese momento llegó la pluma y con su gran intuición se dio cuenta de lo que estaba ocurriendo, la verdad es que al principio me dio mucha vergüenza que me viera llorar así, aunque no podía parar.

—Cálmate ya, sosiégate —me dijo, y con su sanadora sonrisa añadió, —¿te preocupa el final?, ¿dónde está?, ¿hay un final? Lo único que te pasa es que realmente no estás siendo consciente de tu talento que es tu privilegio, si lo fueras, te darías cuenta de que tú impregnas con tu alma de grafito todo lo que tocas y con tu ductilidad logras llenarlo de mil matices sutiles, fuertes y acerados.

A veces dejando tu huella efímera, ideal para rectificar a tiempo cualquier posible error, otras, vislumbrando la verdad de lo bello, consiguiendo tu máximo poder de expresión, conquistando el acierto. Aun no siendo consciente de ello, paras el tiempo y el espacio con tu trazo, creando un proyecto de realidad a la medida de tus sueños, así es que sigue soñando y sigue compartiéndolos, porque a todos nos enriquecen e iluminan.

—¡Eso sí que te ha quedado redondo! —exclamó el compás que se encontraba asistiendo a la escena.

Mientras me secaba las lágrimas aún compungido, tuve que reconocer que me causó una gran impresión las hermosas, profundas y bellas palabras de mi amiga la pluma.

—Todavía no te das cuenta —que la felicidad te persigue, pero ¡ojo!, tienes que estar muy atento y ser lo suficientemente inteligente, para dejar que te alcance y has de saber que tus miedos solo desaparecerán a través del conocimiento de ti mismo, que es lo que te dará la serenidad, la libertad y naturalidad necesarias; así aprenderás a aceptar tus sombras que son las que consiguen definir tu luz, como en tus dibujos. Si trabajas en ello, en ese momento, te liberarás del miedo y solo entonces, asistirás al nacimiento de una nueva energía en ti, la de la verdadera creatividad.

—¡Perspectiva! —afirmaron al unísono la escuadra y el cartabón.

—Todo es un problema de perspectiva sobre las situaciones y los hechos, nosotros te podemos ayudar a cambiarla si quieres.

—Todos aquí estamos para ayudarte —aseveró la regla—, tu pena sin medida me ha conmovido y acompasar las emociones y los hechos de esta vida es algo imprescindible y transcendente para ella.

Poco a poco, sin decir nada, pero todavía lleno de agitación, me fui calmando exteriormente intentando centrarme y recuperar la compostura.

A pesar de agradecer todos los ofrecimientos de ayuda, mi cabeza seguía siendo un mar de dudas y confusión, llena de afirmaciones y de preguntas sin respuesta, y no sabía cómo ni cuándo pararía esta tempestad interior.

La pluma seguía presente y con su amable sonrisa me miraba tiernamente, como si conociera el infierno que yo estaba viviendo, su gran empatía me hacía sentir que ella también lo estaba sufriendo conmigo, era como si supiera lo que estaba pasando dentro de mi cabeza y mi corazón, y solo manifestó:

—Date tiempo, ten paciencia, ya entenderás, obsérvate despacio para averiguar quién eres, cómo eres y lo que eres en realidad, no fuerces ni quieras caminar ni más lento ni más rápido que tu alma, nuestro trabajo siempre encierra en sí mismo una expectativa de conocimiento, un deseo de conocer, pues todo lo que nos ocurre a lo largo de nuestra vida es para aprender quiénes somos y qué hemos venido a hacer. El Universo es un sistema armónico de resonancias, el arte y nuestro compañero han de procurar reproducir esas armonías para compartirlas con los demás, ese es su máximo anhelo y en ello pone todo su esfuerzo, ¿te parece insuficiente la misión que te ha deparado el destino?

Solo pude asentir con la cabeza dándole las gracias por todo. Pasaron los días y las charlas con mi amiga la pluma se convirtieron en verdaderas lecciones de vida que me ayudaron a cambiar interiormente y así fui modificando mi forma de ver y vivir todo lo exterior.

Ese exterior que nos hace vivir inmersos en la velocidad, la inmediatez, la ambición, el éxito y el dinero, que nos hace ir tan deprisa que no tenemos tiempo de ver ni apreciar lo que de verdad es importante en nuestra vida, ni por lo que de verdad merece la pena vivirla.

Su sabiduría natural, facilidad y sencillez para expresar y compartir esas lecciones de vida eran lógicas, pues como ya había podido observar, nuestro compañero siempre la utilizaba para plasmar sobre el papel sus reflexiones sobre la vida encontrando la manera más acertada para la expresión de ellas.

Y de pronto caí en la cuenta de que cuando la escuchaba a ella, en realidad lo estaba escuchando a él, a nuestro compa- ñero con su complejo y rico mundo; de hecho me dio por pensar algo más.

«Entonces cada vez que dibuja conmigo sucede exactamente lo mismo».

De mi compañero fui aprendiendo muchas cosas, por ejemplo; que no hay éxito sin derrotas, y que derrota y fracaso son cosas muy diferentes, porque puedes sufrir derrotas en la vida, pero si aprendes de ellas y te vuelves a levantar, nunca se convertirán en fracaso, y que no se puede aprender nada de las derrotas sin la humildad necesaria para comprender.

Y esto me hizo recordar un hecho que mi amiga la pluma me había comentado no sin cierta gracia.

Al parecer ocurrió unos días atrás cuando nuestro compañero la cogió para escribir y se enfadó mucho con ella porque había hecho un borrón de tinta al poco de comenzar a trabajar.

Me contó que toda la culpa no había sido de ella, es más, que buscar culpables no servía ni solucionaba nada, él había presionado demasiado fuerte su punta contra el papel y ella se había enfadado, por eso había escupido la tinta, para recordarle como todo el mundo sabe, que una pluma requiere en su manejo de firmeza, pero también de suma delicadeza como corresponde a una señorita, y continuó hablando:

—Así que en este trabajo tienes que aprender a hacer borrón y cuenta nueva, porque nadie está libre de echar un borrón.

Lo dijo con su pícara sonrisa.

Ese día nos reímos un montón juntos porque también me comentó como en otra ocasión, nuestro compañero se volvió a mosquear con ella, porque por más que lo intentaba no escribía sin que él cayera en la cuenta de lo que sucedía.

Era algo tan simple como que no tenía tinta, pero él se empeñaba en insistir y mientras maldecía, ella no veía la manera de hacerle entender que lo único que ocurría era algo tan elemental como que «la había dejado seca».

Así fui comprendiendo que la derrota y el éxito son las dos caras de una misma moneda, porque en realidad están hechas de la misma sustancia, son lo mismo, y lo importante es vivir intensamente lo que nos toca siendo testigos y conscientes de ello, sin juzgarlo, sin analizarlo, porque nuestra mente es casi toda memoria y está tan condicionada que no nos puede ayudar a descubrir la verdad, porque nuestra mente solo sirve para percibir la realidad y la realidad, es solo una interpretación.

Verdad y realidad son dos cosas diferentes en la mayoría de nosotros porque solo observando, percibiendo y viviendo directamente «el hecho» podemos descubrir la auténtica verdad de nuestra vida.

Con el tiempo el carboncillo, ese zumbón zalamero que tan mal me caía al principio se convirtió junto a la pluma en mi mejor amigo, porque compartimos juntos muchos pareceres sobre el arte del dibujo. Me ayudó tanto y aprendí tantas cosas de él…

Menos mal que a la sazón me di cuenta que en realidad éramos hermanos con un mismo sueño y un mismo destino y que aunque no somos iguales, todos somos lo mismo.

Y por eso me dio mucha pena cuando ya todo él, muy pronto para mi gusto, se hizo polvo adherido a los papeles y dibujos realizados; maravillosos dibujos llenos de delicados matices y difuminadas transiciones casi imperceptibles para el ojo no entrenado, con la técnica del claroscuro que él en su maestría dominaba como nadie.

Tal vez fuera ese el momento en que entendí a la pluma, pues aunque echaba de menos al guasón de nuestro amigo y su fino e inteligente humor, me di cuenta que no lo había perdido, porque estaba ahí, como por arte de magia y ya siempre estaría ahí, solo se había transformado en algo magnífico, en esos preciosos dibujos que además todo el mundo podría admirar, reconocer y disfrutar.

Mi hermano el carboncillo se ganó mi respeto no solo por su inteligencia y sensibilidad, sino por cómo había logrado acrisolar su humildad y su valor, su fuerza y decisión para cumplir con su destino sin aparentemente buscarlo, alcanzando la excelencia desarrollando su talento, su propósito de vida, su cometido.

Él me enseñó los principios que le guiaban en el arte y que ahora son los míos; asimetría, simplicidad, austeridad, naturalidad, sutileza, libertad y serenidad.

Todo esto y mucho más de lo que pudiera comunicaros aprendí de él. Muchas gracias hermano. ✐

Capítulo sexto

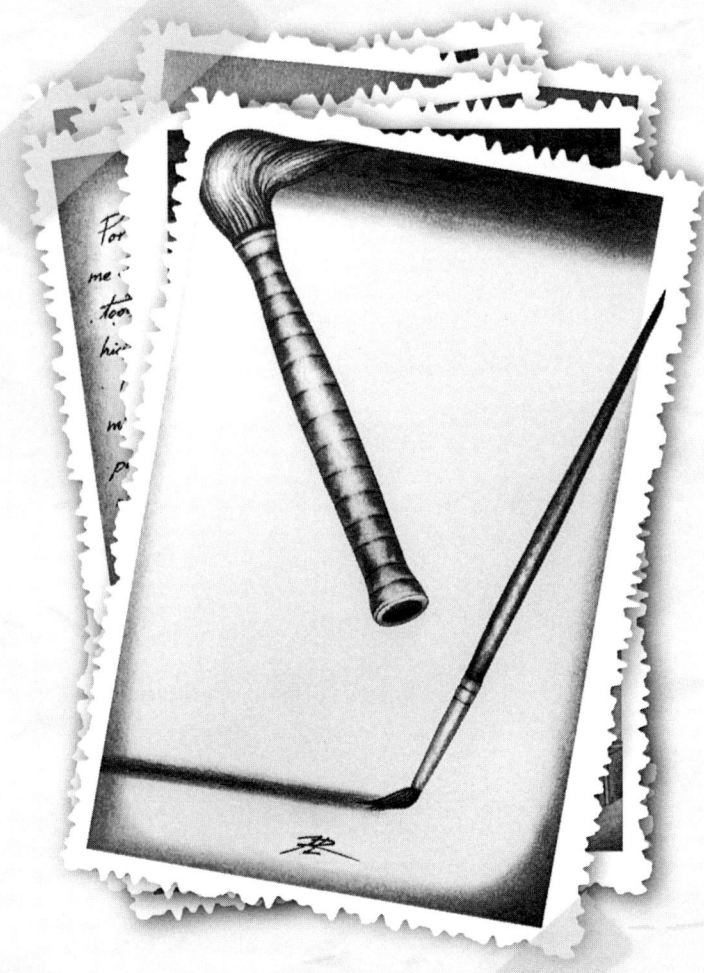

Capítulo sexto

¿Final? ¿Qué final?

En este tiempo he disfrutado de otras amistades como las de las brochas y pinceles, debiendo admitir que al principio me parecían unos señoritos un tanto pijos, de la jet set del arte para que nos entendamos, demasiado peripuestos y engreídos, ya que lo que yo observaba era que estaban todo el día más preocupados en no despeinarse que en otra cosa.

Más tarde fui consciente de mi ignorancia y de sus razones para ser tal como son, explicándome con suma delicadeza y pasión, la intensidad y calidad que ponían en su labor. Algo que me dejó asombrado.

Según me contaron su mayor aspiración era conseguir «el gesto único y primordial, aquel que ni se debe ni se puede volver a tocar», porque si así lo haces estaría falto de verdad, sinceridad y honestidad y si no hay respeto por la verdad en Arte, es muy posible que el resultado no merezca la pena.

Y uno de ellos me dijo:

—A nosotros lo que nos motiva es pincelar con el alma el color infinito de paisajes que solo habitan en nuestro espíritu, dilucidar sus vientos y distancias, atmósferas y fragmentos de su luz, logrando manchas que nos llenan de feliz emoción.

Me pareció un trabajo tan arduo, tan sofisticado, profundo y difícil, que comencé a comprenderlos y admirarlos.

Y enseguida me di cuenta de lo mucho que tenía por delante para aprender de ellos.

Me fueron enseñando para qué se utilizaban los diferentes tipos de pelo, su peinado y su corte, pues los había planos, redondos, almendrados..., y cada uno de ellos se utilizaba según el tipo de pintura, soporte y pincelada con el que desarrollar su trabajo, de tal manera que cada pincel y brocha tenía una misión totalmente diferente según se les requiriera para una u otra acción a ejecutar.

Me pareció un mundo muy sofisticado, complejo y exquisito, lleno de sabiduría y conocimiento, y que en mi ignorancia no había sabido apreciar al comienzo de conocerlos.

Me ayudaron a comprender mejor la diferencia sutil de atmósferas y ambientes, apreciando los diferentes matices de la luz al aire libre y los de un interior, a enriquecer mi lenguaje plástico sin perder ni renunciar nunca a la sinceridad, a investigar y a estudiar todas las posibilidades de expresión de mi mina de grafito, entendiendo y comprendiendo cómo se comporta la luz.

Esa luz que es la que consigue que algo exista. Y a raíz de esto me pregunté:

«¿Cuántas veces juzgamos injustamente haciendo gala de nuestra propia ignorancia?, ¿cuántas veces nos aproximamos a los demás llenos de arrogancia y de tópicos, cuando no conocemos ni sabemos nada de nadie?, sin darnos cuenta de que cuando juzgamos a alguien, en realidad lo que único que estamos intentando dejar claro, es que nosotros somos mejores que ese alguien».

Entonces me di cuenta de que nuestra falta de comprensión siempre es igual a la de nuestra ignorancia.

Cómo cambia todo cuando uno tiene la verdadera intención de querer comprender totalmente.

Mis miedos fueron desapareciendo según avanzaba en este camino de intentar ver con claridad la vida y no de controlarla forzando las situaciones, en lugar de fluir con ella. Así fui haciendo nuevos amigos de los que aprendí todo, lo poco que sé, lo poco que soy.

De las brochas y los pinceles aprendí que has de cuidar tu actitud, porque con la actitud y el espíritu adecuados hacen que un solo gesto sea suficiente para descubrir con acierto la belleza de la verdad, la auténtica belleza, que lo sutil no está reñido con la fuerza, puesto que el hecho estético, es conciliar Naturaleza y Espíritu desde la calma y la serenidad para que el resultado sea ecuánime, honesto y armonioso.

Al margen de estas y otras anécdotas, hoy valoro y considero que mi vida ha sido cuando menos interesante y no creáis que esto lo puede decir todo el mundo, porque la mayoría de las veces, observo con tristeza como muchas personas pasan la vida hastiados y mohínos, sin ilusión ni sueños, navegando sin rumbo por ella, creyendo no haber conocido nada lo suficientemente bello y hermoso en sus vidas para que los ilusione y haga despertar su pasión.

Y sin pasión no puede nacer la «con-pasión», la pasión por todo, que es la única forma de energía que nos lleva a encontrarnos a gusto en nuestra propia piel, haciendo que se diluya y desaparezca la dualidad en nosotros, un camino este, que irremediablemente nos aboca a la felicidad.

Reconozco ser muy afortunado al tener un compañero que contara conmigo para dibujar al aire libre paisajes ensoñados que jamás nadie hubiera imaginado, si él no los hubiera soñado.

Yo creo que él disfruta tanto con lo que hace que no es del todo consciente y esa inconsciencia es síntoma de sabiduría, pero juntos hemos retratado a personas que no sabían que eran tan bellas, a montañas que cuando las dibujábamos se estiraban para parecer más esbeltas, dehesas que se alisaban después de que mi compañero difuminara con sus dedos el acertado trazo de mi grafito.

Arroyos que veíamos espejear y exageraban sus cabriolas de roca en roca cuando nuestra atención se posaba en ellas, árboles que nos sonreían mostrándose más altivos que nunca, avivando sus luces y sombras cuando se apercibían que nos disponíamos a dibujarlos, animales, flores y rocas alfombradas de verde musgo, en las que nadie hubiera reparado si no hubiera sido porque nosotros nos aprestamos a dibujarlas juntos, buscando y descubriendo la belleza de su verdadera naturaleza. Hemos dibujado juntos cielos limpios o con nubes cambiantes y efímeras, casi inatrapables, mantos níveos y virginales sin huella como hojas en blanco sobre las que contar una nueva historia, otras con la huella, el camino, el sendero, la memoria o el recuerdo de alguien que ya pasó por ahí y estuvo de paso, condición de caminantes, pero constatación de que no estamos solos, aunque a veces tendemos a creerlo y a sentirlo así.

Nos hemos recreado en dibujar las espumeantes olas de mares y océanos, gota a gota, ola a ola, en diferentes latitudes, estudiando su valoración tonal, asistiendo a sus juegos que consiguen dejar a los niños esa arena fina con la que levantar sus castillos en ondulantes playas, aunque esa no fuera su intención.

Las hemos escuchado y sentido, las hemos descrito con suavidad y firmeza.

Igual que hemos hecho con los ríos que excavan valles profundos y que son la promesa continua de nueva vida que prospera a lo largo de su recorrido entre cascadas, remansos, y que sirven de nivel, espejo perfecto de la realidad.

He disfrutado del esplendor del sol y la lluvia, la nieve y el hielo, el frío y el viento, y del mirar de mi compañero que es lo más importante, de su mirar bello sobre la vida y que me ha brindado la oportunidad de vivir esta aventura haciéndome partícipe de ella.

Es cierto que en algunas ocasiones me he quejado, pero me faltaba la perspectiva que da la edad, la comprensión y el tiempo y en mi descargo solo diré que desconocía el poder de la energía de la intención, la atención y la pasión.

Soy consciente de que cada dibujo realizado con mi compañero son páginas arrancadas del tiempo, donde se percibe el aterrador vacío de su ausencia y que a veces me han obligado a caminar por la oscuridad y la soledad, aprendiendo a desarrollar la paciencia y por supuesto no siempre fue agradable en el momento de vivir la experiencia, dolor y placer también están hechas de la misma sustancia.

Hoy sé, que vivir es la aventura más fantástica que se pueda imaginar y que solo depende de nosotros el cómo queremos vivirla, que podemos penarla, sufrirla, o disfrutarla como lo que es, una experiencia única e irrepetible.

Sinceramente creo que nunca le podré agradecer lo suficiente a mi compañero su generosidad, la plenitud de vida que me ha ofrecido ni la intensidad de lo vivido, por tanta pasión y amor derramados.

De él, también aprendí que has de ser siempre fiel a ti mismo «escucha a los demás», parecía decirme, «pero invéntate a ti mismo, eres un ser creador, solo cuida que tus metas y objetivos sean buenos para ti y para los demás, aportando tu granito de arena para conseguir que este mundo sea un poco mejor y más bello».

Aunque pronto vi con nitidez que este camino no se puede recorrer sin una voluntad férrea y clara como actitud, con el espíritu de un guerrero honesto y sincero, con la certeza de esperar el momento justo de actuar, atesorando la sabiduría suficiente para no dejar escapar la siguiente oportunidad que se presente en la vida.

Sintiéndote orgulloso de tus cicatrices, sin arrepentirte de nada de lo vivido, puesto que de todo ello es de lo que he aprendido, pues el error deja de serlo cuando aprendes de él.

Simplemente siendo lo que uno es, ni más ni menos, y consciente de que si no te comparas con nadie todos te respetarán, eso sí, cuidando continua y suavemente tu actitud frente a la vida, aprendiendo a fluir con ella, sin luchar contra nadie para no perder energía en lo que no es importante.

Y así llenar de fuerza y poder tu propósito de vida, tu intento de mejorar todo aquello que se ponga a tu alcance y se cruce en tu camino, no persiguiendo ser el mejor, sino ser mejor cada día.

Mi compañero me enseñó que el éxito no te hace grande si no eres grande antes y que si no amas tu vida no serás capaz de amar sincera y plenamente nada ni a nadie, que la vida no te amará nunca si tú no amas tu vida.

Sería interminable describir todo lo que aprendí de él y con él.

He aprendido humildad porque en muchas ocasiones solo he sido el primer esbozo, guía o encajado, para que mis amigos los pinceles pudieran llenar de luz y color papeles y lienzos con acierto, ya fuera al óleo o a la acuarela.

Y ha sido todo un privilegio que esos primeros trazos míos se diluyeran y fundieran con ellos haciendo posible su maravilloso trabajo.

No puedo por menos que estar agradecido a mi linda, maravillosa compañera y amiga la pluma, que tanto me ha ayudado, porque sin ella y los demás amigos jamás, habría llegado a comprender que la oscuridad no es lo opuesto a la luz, sino que sólo es la ausencia de luz.

Más temprano que tarde me tocó ocupar ese lugar donde acabábamos todos, el vaso de cristal polvoriento en compañía de mis hermanos ya ancianos y entonces comprendí el significado profundo de todo lo aprendido, me deshice de mi importancia personal, entendí que lo mejor de mi destino estaba aún por llegar y decidí mi entrega total a aquello para lo que había sido creado, para lo que había nacido.

Estaba cumpliendo con la expresión de mis capacidades y mi destino, podía estar satisfecho y disfrutar el camino recorrido, ya no tenía nada que demostrar, ni siquiera a mí mismo.

Dejé de temer a la soledad porque me di cuenta de que era temer a la propia compañía. Es cierto que al principio no entendía nada y que me costó comprender, he de admitirlo, pero con el tiempo mi mente se abrió y me apercibí de mi error. Suerte que en algún momento algo se iluminó dentro de mí.

He comprendido que solo soy un eslabón de algo mucho más grande e incomparable, un eslabón muy especial como desde el principio intuía, pero del que desconocía su verdadera transcendencia y entidad.

Que lo hecho ha servido como principio creativo para rea- lizar trabajos posteriores importantes y que el comienzo o nacimiento de muchos de ellos han sido posibles en buena medida, gracias a mi humilde aportación. Quién podía pensar algo así de un modesto lápiz...

Esto ya era suficiente, poco a poco me fui sintiendo cada vez más contento amando y disfrutando mi trabajo, aprendiendo a ser más considerado y generoso en el conflicto, con la sensación de estar preparado para el final, si es que lo hay. Porque sinceramente no creo que lo haya, ya que estoy en cada uno de los esbozos, apuntes y dibujos de mi compañero y eso quedará ahí para siempre.

«Entonces.., ¿dónde está el final?».

En todo este tiempo, he visto llegar a otros jóvenes hermanos míos de porte lustroso, llenos de dudas y de ilusiones, con esa aparente vanidad que no es tal, sino inexperiencia propia de la inmadurez y con ellos he seguido aprendiendo porque me han aportado la frescura que se pierde con el paso del tiempo y la belleza de sus sueños a veces ingenuos, pero que expanden los límites de la conciencia y la vida, alumbrándome y haciéndolos crecer en mi interior, todo ello, a pesar de hacerme más y más pequeño en lo exterior a lo largo de esta corta aunque intensa existencia.

Cuando mi compañero me cogió por última vez, yo era consciente de mi cortedad y vejez, y le di las gracias por escogerme y haberme permitido ayudarle a cumplir sus sue- ños, puesto que siento que soy parte de ellos.

Lo que ocurrió a continuación me pareció algo extraordinario, ya que no solo me escogió a mí, sino que vació el vaso entero de cristal con todos mis ancianos hermanos rodando por la mesa de dibujo.

Y en seguida unas manos pequeñas de dedos blanditos y regordetes, entre muchas risas y jaleo, nos cogieron y se pusieron a dibujar. Eran los sobrinos de nuestro dueño y compañero, esto era el colmo de la felicidad, qué frescura.., ya no importaba lo qué se hacía, solo era un juego lleno de garabatos, alegría, y diversión contagiosa.

La poca madera que me quedaba se humedeció cuando se me saltaron las lágrimas, porque nunca pensé que el final de mi vida pudiera ser tan bonito y alegre, jamás creí que hasta en el final de mis días pudiera servir para ayudar a expresar el sentir de la nueva savia, de la nueva vida de estos graciosos pequeñajos, que se tomaban muy en serio su papel de artistas. Fue una gran bocanada de aire limpio y alegre.

En mitad de tamaño lío y algarabía, todavía tuve tiempo de despedirme de mi amiga la pluma, no sé qué hubiera sido de mí sin ella, y se le escapó una pequeña lagrimita de tinta que no pudo reprimir manchando levemente la mesa de dibujo.

Me despedí del sacapuntas y la goma de borrar, del papel y de todos los demás amigos, me fui agradecido por haberme aceptado entre ellos, pues había sido todo un privilegio formar parte de algo tan grande y hermoso.

Con mi último suspiro, ahora que casi me desvanezco en el aire, puesto que mi cuerpo está dejando de existir, sintiendo las cosquillas que me hacen los deditos de este peque y viendo la mueca tan graciosa que tiene sacando la lengua de medio lado por su boquita, esmerándose todo lo que puede en hacerlo lo mejor posible, me doy cuenta de que este anciano le está sirviendo para expresarse y en este momento más que nunca, me hago consciente de lo único que importa. Amar la propia realización mientras sigas vivo.

Por último, intenté despedirme de mis hermanos ancianos compañeros del vaso de cristal, aunque no sé si me escucharon puesto que ellos también se hallaban muy ocupados, ya que a alguno, hasta le estaban chupeteando la cabeza.

Miré a la pluma que me pareció más hermosa y bella que nunca, con todo mi afecto y amor sincero, sabiendo que siempre estaríamos unidos por una idea, un proyecto ético-estético, por la realización de un sueño, el maravilloso descubrimiento de la belleza y la verdad. ✏

Bibliografía

- GOMBRICH, E. H.: *La Historia del Arte*, Madrid, Debate, 2023.
- VALÉRY, Paul: *Piezas sobre arte*, Madrid, Visor, 1999.
- VALÉRY, Paul: *La idea fija*, Madrid, Visor, 2004.
- GOETHE, Johan W.: *Confesiones de un alma bella*, Madrid, Antonio Machado, 2001.
- STEINER, George: *Nostalgia del absoluto*, Madrid, Siruela, 2001.
- TANIZAKI: *El elogio de la sombra*, Madrid, Siruela, 1994.
- CHENG, François: *Vacío y plenitud*, Madrid, Siruela, 2004.
- MARINA, José A.: *El vuelo de la inteligencia*, Barcelona, De Bolsillo, 2010.
- MARTÍNEZ LOZANO, Enrique: *Presencia*, Madrid, San Pablo, 2017.
- BLOFELD, John: *Taoísmo*, Barcelona, Martínez Roca, 1981.
- KRISHNAMURTI, J.: *Darse Cuenta*, Madrid, Gaia, 2010.
- RACIONERO, Luis: *Textos de estética taoísta*, Madrid, Alianza Editorial, 2008.
- VILLALBA, Dokushô: *Fluyendo en el presente eterno*, Madrid, Miraguano Ediciones, 1999.
- TRÍAS, Eugenio: *El artista y la ciudad*, Barcelona, Anagrama, 1997.

- Del AMOR, Carlos: *Emocionarte,* Barcelona, Espasa, 2020.
- CAVALLÉ, Mónica: *La sabiduría recobrada,* Barcelona, Kairós, 2016.
- ORDINE, Nuccio: *La utilidad de lo inútil,* Barcelona, Acantilado, 2014.

Original de

Jose Antonio López Rivas ✏